सरदार वल्लभाई पटेल

रेखा भगचंदानी
अनुवादकः महेन्द्र यादव

Om KIDZ
An imprint of Om Books International

First Published in 2019 by

Om KIDZ | Om Books International

Corporate & Editorial Office
A-12, Sector 64, Noida 201 301
Uttar Pradesh, India
Phone: +91 120 477 4100
Email: editorial@ombooks.com
Website: www.ombooksinternational.com

Sales Office
107, Ansari Road, Darya Ganj
New Delhi 110 002, India
Phone: +91 11 4000 9000
Email: sales@ombooks.com
Website: www.ombooks.com

Author: Rekha Bhagchandani
Translator: Mahendra Yadav
Art & Design: Manoj Parsad, Sandeep Tiwari, Harish Arya

ISBN: 978-93-84225-25-4
Printed in India
10 9 8 7 6 5 4 3 2 1

अनुक्रम

भारत के लौह पुरुष

सरदार वल्लभभाई पटेल को भारत का लौह पुरुष भी कहा जाता है। वे भारतीय राजनीति के सर्वाधिक सम्मानित और प्रतिष्ठित नेताओं में शामिल थे। वे एक जाने-माने वकील और आंदोलनकारी थे तथा उन्होंने भारत के स्वतंत्रता संग्राम में अहम भूमिका निभाई। आज़ादी के बाद उन्होंने करीब 500 रियासतों के भारतीय संघ में विलय में भी बड़ी भूमिका निभाई। अपने कार्यकाल में उन्होंने महात्मा गाँधी के साथ निकटता से काम किया। स्वतंत्र भारत में वे उपप्रधानमंत्री और प्रथम गृहमंत्री बने। देश के एकीकरण के लिए उन्होंने अथक परिश्रम किया।

वल्लभभाई का जन्म

वल्लभभाई पटेल का जन्म गुजरात में नडियाद गाँव में 31 अक्टूबर 1875 को हुआ था। उनके पिता का नाम झावेरभाई और माता का नाम लाडबा था। अपने माता-पिता की छह संतानों में से वे चौथे थे। उनके भाइयों के नाम सोमाभाई, नरसीभाई, विट्ठलभाई और काशीभाई थे। उनकी बहन का नाम डाहीबा था। वल्लभभाई के जन्म के पहले झावेरभाई भी स्वतंत्रता सेनानी रह चुके थे। बच्चे होने के बाद उनका परिवार खेती करने लगा। लाडबा सभी बच्चों को मधुर स्वर में अच्छे-अच्छे भजन सुनाया करती थीं।

बचपन में ही वल्लभभाई पिता के साथ खेतों में कड़ी मेहनत करते थे, हल चलाते थे और जानवरों की देखभाल करते थे। कड़ी मेहनत के बाद थक जाने पर उन्हें एक बरगद के पेड़ के नीचे बैठना बहुत पसंद था।

जब वे सात-आठ साल के हुए तो अपने गाँव के स्कूल जाने लगे, जिसमें गुजराती माध्यम से पढ़ाई होती थी। स्कूल में वो बहुत जिज्ञासु बालक माने जाते थे। शिक्षकों से वे हमेशा तरह-तरह के सवाल किया करते थे। ऐसे ही एक मौके पर उनके एक शिक्षक को गुस्सा आ गया। उन्होंने वल्लभभाई से अपने सवालों के उत्तर खुद पता करने को कह दिया। शिक्षक की डाँट से उन्हें स्वाध्याय की प्रेरणा मिली।

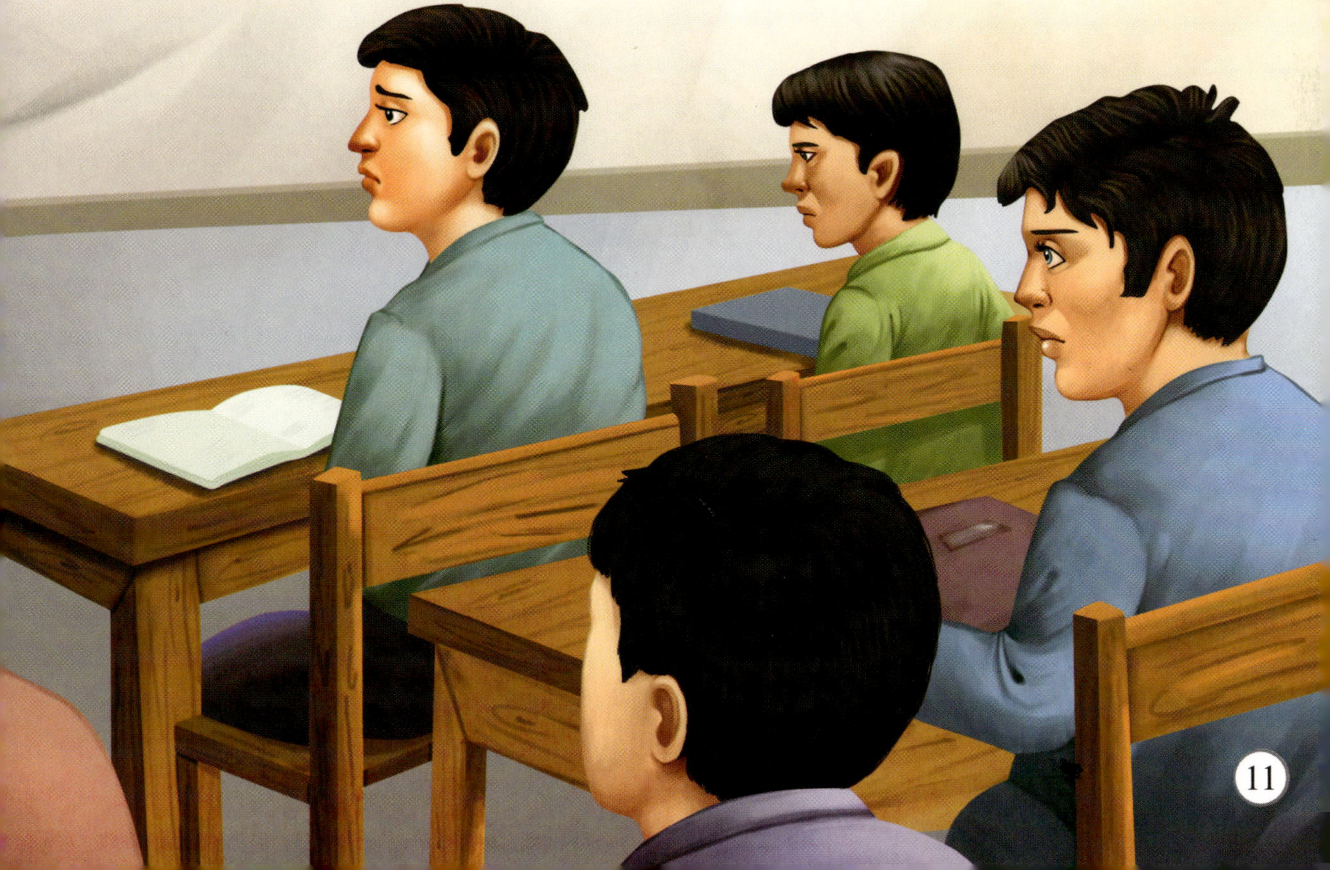

सातवीं कक्षा पास करने के बाद उन्होंने पिता से पेटलाद के अंग्रेज़ी माध्यम के स्कूल में भेजने का अनुरोध किया। उनके पिता तो चाहते थे कि वे खेतों में उनकी मदद करें, लेकिन उनकी मज़बूत इच्छा देखकर उन्होंने हामी भर दी।

वे अपने दोस्तों के साथ स्कूल जाने के लिए हर दिन 14 किलोमीटर का पैदल आना-जाना करने लगे। आने-जाने में समय बहुत लगता था और वे थक भी जाते थे, इसलिए वल्लभभाई ने अपने कुछ

दोस्तों को पेटलाद में ही किराए से कमरा लेने के लिए तैयार किया। सब मिलकर किराया देते थे और खाना बनाने समेत सब काम भी मिलकर करते थे तथा पढ़ाई करते थे।

अठारह वर्ष की उम्र में उनके पिता ने पास के गाँव की झावेरबा नाम की लड़की से उनका विवाह कर दिया, जो उनसे पाँच-छह साल छोटी थी। उन दिनों शादी के बाद भी लड़कियाँ तब तक अपने माता-पिता के घर ही रहती थीं, जब तक कि उनके पति खुद कमाने-खाने और घर चलाने लायक न हो जाएँ।

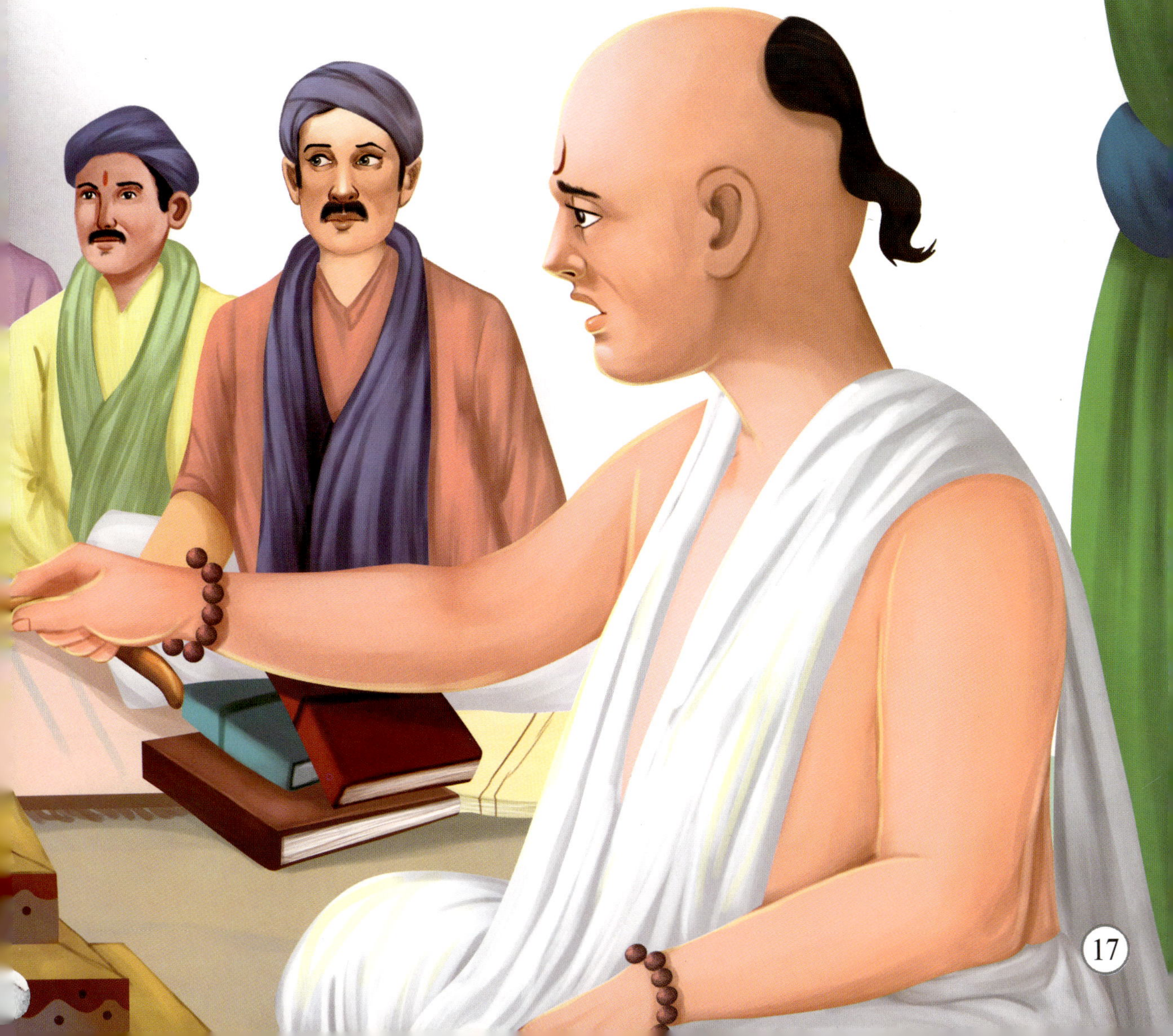

वकालत और पारिवारिक जीवन

1897 में 22 वर्ष की उम्र में वल्लभभाई ने मैट्रिक की परीक्षा पास की। वे बैरिस्टर बनना चाहते थे और उच्च शिक्षा के लिए इंग्लैंड जाना चाहते थे। लॉ कॉलेज में दाखिला लेना काफी खर्चीला था, इसलिए उन्होंने स्वाध्याय करने का फैसला किया। वे पुस्तकालयों और लॉ कंपनियों से किताबें लाते और पढ़ते रहते। लॉ कंपनियों में काम करके वे अपना खर्चा भी निकाल लेते थे। तीन साल की मेहनत के बाद उन्होंने ज़िला अधिवक्ता परीक्षा पास कर ली और वकील बन गए।

वल्लभभाई ब्रिटिश सरकार के अधीन काम नहीं करना चाहते थे, इसलिए उन्होंने गुजरात के गोधरा शहर में वकालत की अपनी प्रैक्टिस शुरू कर दी। तब तक उनके बड़े भाई विट्ठलभाई पटेल स्थापित वकील हो ही चुके थे। उन्होंने भी अपने संपर्कों का इस्तेमाल किया और जल्द ही वल्लभभाई पटेल भी उस इलाके के प्रसिद्ध वकील बन गए। हालाँकि, उनकी इच्छा बैरिस्टर की उपाधि हासिल करने के लिए इंग्लैंड जाने की बनी रही।

इस बीच, झावेरबा भी कई सालों बाद उनके साथ रहने आ गई। दोनों की एक बेटी हुई, मणि और एक बेटा हुआ, दाह्या। उनका परिवार अब गोधरा में रहने लगा था और वल्लभभाई बैरिस्टर बनने का अपना सपना पूरा करने के लिए कड़ी मेहनत में जुट गए।

पाँच सालों में उन्होंने इंग्लैंड जाने लायक धन इकट्ठा कर लिया। उन्होंने टिकट और पासपोर्ट के लिए आवेदन कर दिया। उनका टिकट वी जे पटेल के नाम से उनके बड़े भाई विट्ठलभाई पटेल के घर आया। वल्लभभाई जब टिकट लेने पहुँचे तो विट्ठलभाई ने उनसे कहा कि वे उन्हें इंग्लैंड जाने दें। वल्लभभाई पटेल मन मसोसकर रह गए क्योंकि वे अपने भाई को मना नहीं कर सकते थे। इस तरह से, विट्ठलभाई पटेल उनकी जगह इंग्लैंड रवाना हो गए।

1909 में वल्लभभाई की पत्नी गंभीर रूप से बीमार हो गईं। उनके शरीर में ट्यूमर हो गया था, जिसे निकालना ज़रूरी था, लेकिन उनकी कमज़ोर सेहत के कारण डॉक्टरों को इंतज़ार करना पड़ा। इसी देरी में वे ठीक नहीं हो पाईं और उनका निधन हो गया। तब उनकी उम्र केवल 29 साल की थी। वल्लभभाई पटेल लगातार अपनी पत्नी के साथ बने रहते थे, लेकिन एक ज़रूरी मुकदमे के कारण उन्हें अदालत जाना पड़ा। मुकदमे की सुनवाई के दौरान ही उन्हें तार से पत्नी के निधन की खबर मिली। वे जिरह में लगे रहे और काम पूरा होने तक उन्होंने अपना निजी दुख किसी पर ज़ाहिर नहीं होने दिया। सुनवाई पूरी होने के बाद ही उन्होंने अपना दुख व्यक्त किया।

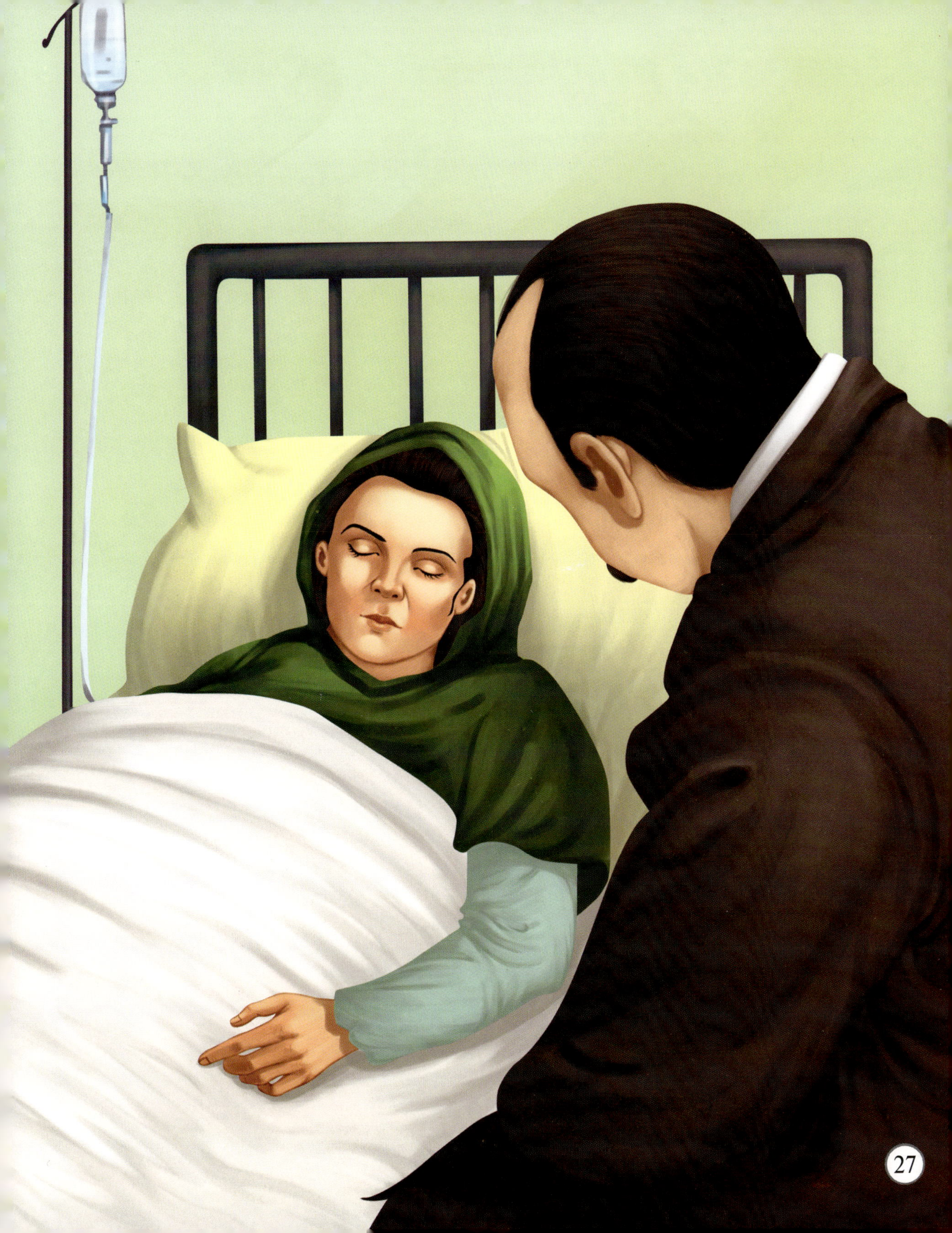

पटेल ने दोबारा विवाह न करने का निश्चय किया। उन्होंने अपने परिवार की मदद से अपने बच्चों का पालन-पोषण किया। बाद में, उन्होंने उनको बोर्डिंग स्कूल भेज दिया और इंग्लैंड जाने के लिए धन इकट्ठा करने में जुट गए। इस बार किस्मत उन पर मेहरबान हुई और वो 36 साल की उम्र में इंग्लैंड गए। उन्होंने कोर्स में टॉप किया और छह माह पहले ही कोर्स पूरा कर लिया। 1913 में वे भारत लौटे और अहमदाबाद में रहने लगे। बहुत ही कम समय में वे सफल बैरिस्टर बन गए।

वल्लभभाई का जीवन अब आरामदायक हो गया था। उनकी फीस शहर में सबसे ज़्यादा थी। वे गुजरात क्लब के सामने एक बड़े दो-मंज़िले मकान में रहते थे। वे केवल बिज़नेस सूट पहनते थे और अधिकतर अंग्रेज़ी में बात करते थे तथा मित्रों के साथ ब्रिज खेला करते थे। तकरीबन उसी समय, उन्हें एक और बैरिस्टर के बारे में पता चला।

वल्लभभाई पटेल और महात्मा गाँधी

उस बैरिस्टर का नाम मोहनदास करमचंद गाँधी था। उस समय वे उनसे ज़्यादा प्रभावित नहीं हुए। गाँधी जी दक्षिण अफ़्रीका में नस्लभेद विरोधी अभियान चलाकर लौटे थे। वल्लभभाई जानते थे कि गाँधी जी ने भारत में अंग्रेज़ों के खिलाफ लड़ाई छेड़ी है, लेकिन उस समय उन्होंने इस सबमें दिलचस्पी नहीं ली।

एक दिन जब वे गुजरात क्लब में ब्रिज खेल रहे थे, तो उनके मित्रों ने उनसे गाँधी जी का भाषण सुनने को कहा। गाँधी जी को क्लब में भाषण के लिए बुलाया गया था। वल्लभभाई ने कहा कि गाँधी जी केवल गेहूँ से कंकड़ निकालना या संडास साफ़ करना ही सिखा सकते हैं। हालाँकि, क्लब में गाँधी जी के आते ही उन्होंने देखा कि अनेक ऐसे युवाओं ने उनको घेर लिया जो काफ़ी बुद्धिमान माने जाते थे।

जैसे-जैसे दिन गुज़रते गुए, वल्लभभाई ने गाँधी जी के बारे में और भी कुछ सुना। उनके मन की तिरस्कार की भावना गहरे सम्मान में बदलने लगी। उन्होंने यह भी गौर किया कि गाँधी जी

केवल खादी पहनते हैं, और अंग्रेज़ी के बजाय भारतीय भाषाओं के इस्तेमाल पर ज़ोर देते हैं।

अप्रैल 1917 में गाँधी जी ने बिहार के चंपारण में नील की खेती के लिए मजबूर किए जा रहे किसानों के समर्थन में सत्याग्रह किया। नील के पौधे ज़मीन से सारे खनिज तत्व खींच लेते थे और फिर वह ज़मीन अन्य किसी फसल के लायक नहीं रह जाती थी। अंग्रेज़ इस फसल को बहुत सस्ते दामों पर बेचने के लिए भी किसानों को मजबूर करते थे। अकाल पड़ने से किसानों की परेशानियाँ और बढ़ गई थीं। वल्लभभाई ने देखा कि गाँधी जी ने बहुत मज़बूती से अंग्रेज़ों का सामना किया और किसानों के पक्ष में डटे रहे।

इस घटना ने वल्लभभाई पर गहरा असर डाला और उन्होंने गाँधी जी के साथ उनके मिशन में लगने का निश्चय कर डाला। वो तमाम जातियों और समुदायों को एकजुट करने लगे। उन्होंने देश के लिए उठ खड़े होने की ज़रूरत समझी और महसूस किया कि उनके जीवन को नया मकसद मिल गया है। वे देश के मामलों में गहरी रुचि लेने लगे और स्वतंत्रता संग्राम की गतिविधियों में सक्रियता से भागीदारी करने लगे। धीरे-धीरे उन्होंने जीवन की पश्चिमी शैली का पूरी तरह से त्याग कर दिया और गाँधीवादी तरीका अपना लिया।

खेड़ा सत्याग्रह

1918 में खेड़ा के गाँवों की फसल अकाल के कारण पूरी तरह से बर्बाद हो गई। किसानों का लगान में राहत देने का अनुरोध अंग्रेज़ों ने बिना सोचे-विचारे ही ठुकरा दिया। जो किसान लगान नहीं चुका पा रहे थे, उनकी ज़मीन ज़ब्त करना भी अंग्रेज़ों ने शुरू कर दिया। इस बीच, गाँव में महामारी भी फैल गई। करीब 17 हज़ार लोगों की मौत हो गई। गाँधी जी किसानों के लिए पूरा समय दे नहीं सकते थे, इसलिए ये काम वल्लभभाई पटेल ने सँभाल लिया।

उन्होंने इस काम के लिए अपनी वकालत भी छोड़ दी। नरहरि पारिख, मोहनलाल पांड्या और रविशंकर व्यास के साथ मिलकर उन्होंने सभी गाँव वालों से मुलाकात की और उन्हें लगान न देने के लिए तैयार किया। किसानों के शांतिपूर्ण आंदोलन के कारण

ब्रिटिश अधिकारी किसानों की ज़मीन वापस करने पर मजबूर हो गए। खेड़ा सत्याग्रह की सफलता से वल्लभभाई राष्ट्रीय नायक के रूप में जाने जाने लगे।

भारतीय राष्ट्रीय कांग्रेस में भागीदारी

1921 में पटेल को भारतीय राष्ट्रीय कांग्रेस का अध्यक्ष चुना गया और अहमदाबाद के वार्षिक अधिवेशन में भाग लेने के लिए आने वाले 5000 अतिथियों की देखभाल की ज़िम्मेदारी उन्हें दी गई। कार्यक्रम की अच्छी तरह से योजना बनाई गई थी। पानी की कमी से निपटने के लिए नए जल संयंत्र लगाए गए और स्थानीय किसानों से खादी के छोटे-छोटे थैले बनाने को कहा गया ताकि लोगों को अपने जूते-चप्पल चोरी होने का डर न रहे। इस तरह से निर्धनों के लिए धन जुटाया गया और हज़ारों गज खादी का इस्तेमाल भी हो गया।

अधिवेशन में पटेल ने अपने भाषण में कहा कि ब्रिटिश सरकार राष्ट्रीय स्कूलों को बलपूर्वक अपने अधिकार में ले रही है और निजी संपत्ति को ज़ब्त कर रही है। उन्होंने घोषणा की कि अब स्वराज लाने का समय हो गया है। अधिवेशन में पटेल ने जो सांगठनिक कौशल और देशभक्ति की भावना दिखाई, उससे वे जनता के और भी करीब आ गए। उनकी लोकप्रियता बढ़ गई और उन्हें गुजरात का ही नहीं, बल्कि भारत का नेता माना जाने लगा।

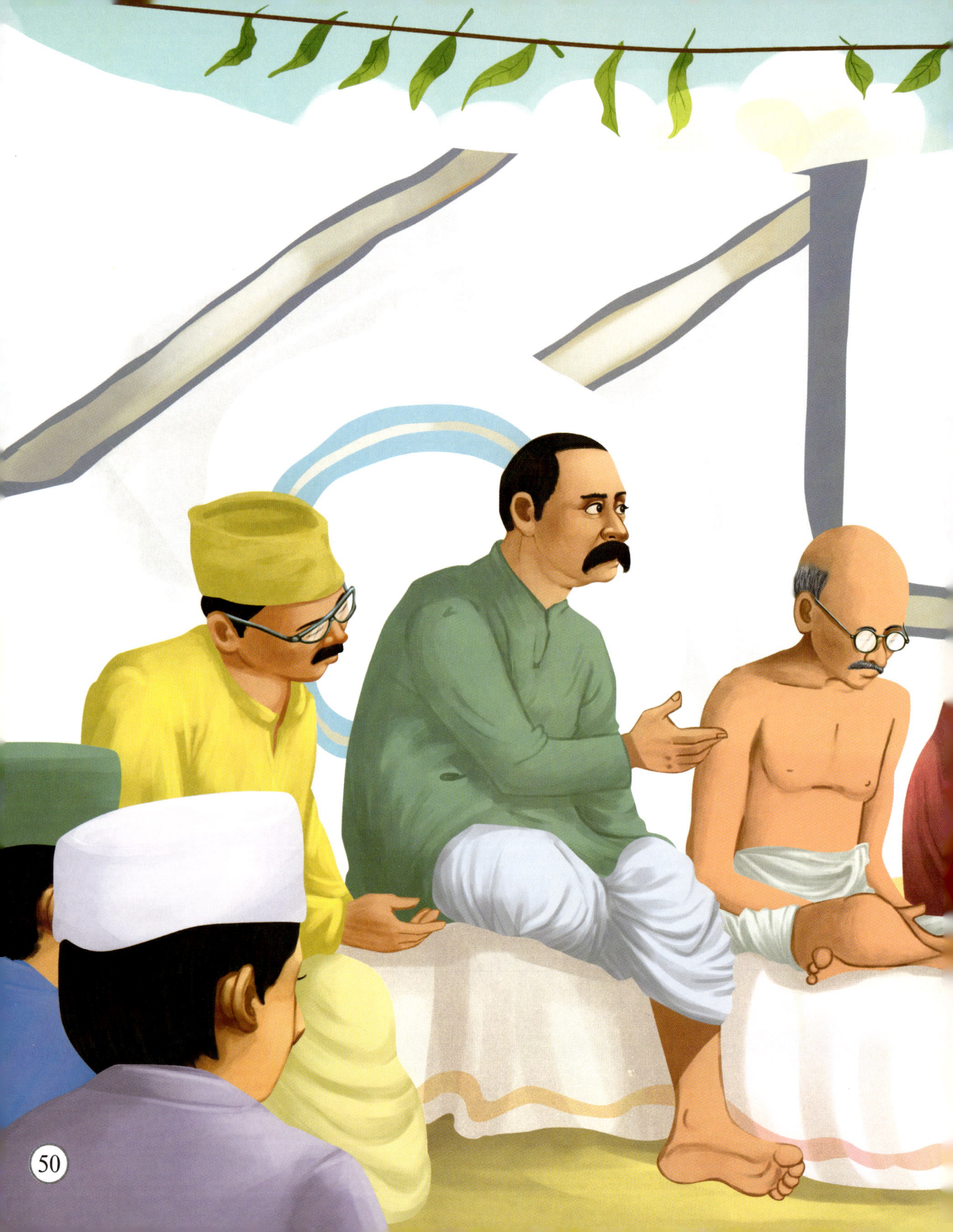

भारतीय स्वाधीनता संग्राम में सक्रिय भागीदारी

1928 में बारडोली में अकाल पड़ा जो कि उस समय गुजरात के सूरत ज़िले का हिस्सा था। ब्रिटिश सरकार ने करों में भारी बढ़ोतरी भी कर दी थी। वल्लभभाई पटेल ने किसानों को कर न देने के लिए मना लिया। उन्होंने आंदोलन शुरू होने से पहले ही इसके परिणामों के बारे में भी किसानों को समझा दिया था।

किसान अपने अधिकारों के लिए लड़ने पर डटे थे और इससे बारडोली सत्याग्रह की शुरुआत हुई। जैसी कि आशा थी, ब्रिटिश सरकार ने उनकी संपत्तियाँ ज़ब्त कीं और सैकड़ों लोगों को गिरफ्तार भी कर लिया। जनता हटने को तैयार नहीं हुई और छह माह तक अहिंसक आंदोलन जारी रहा। परिणामस्वरूप, ब्रिटिश सरकार कर बढ़ोतरी पर फिर से विचार करने और किसानों की संपत्तियाँ वापस करने को मजबूर हुई। इसके बाद किसान वल्लभभाई को प्यार से 'सरदार' कहने लगे।

1930 में सरदार पटेल को रास गाँव में गिरफ्तार कर लिया गया और बिना किसी गवाह के मुकदमा शुरू कर दिया गया। उसी साल गाँधी जी ने नमक पर लगाए गए कर के विरोध में

नमक सत्याग्रह के लिए दांडी यात्रा शुरू की। नतीजतन गाँधी जी भी गिरफ्तार हुए, और इन दोनों घटनाओं ने गुजरात के तमाम ज़िलों में भारी विरोध होने लगा। तब तक कांग्रेस ने ऐलान कर दिया था कि उसका अंतिम लक्ष्य पूर्ण स्वराज हासिल करना है।

1931 में गाँधी-इरविन समझौते पर हस्ताक्षर के लिए कांग्रेस का अधिवेशन हुआ। इस सत्र का एजेंडा भारत के लोगों के बुनियादी अधिकार और सरकार की आर्थिक नीति निश्चित करना था। सरदार पटेल को भारतीय राष्ट्रीय कांग्रेस का अध्यक्ष निर्वाचित किया गया

था। इस दौरान देश में भगत सिंह, राजगुरु और सुखदेव की फाँसी को लेकर भी गुस्सा बना हुआ था। लोगों में 1930 में शुरू हुए सविनय अवज्ञा आंदोलन को समाप्त करने के लिए गाँधी जी और लॉर्ड इरविन के बीच हुए समझौते को लेकर भी गुस्सा था।

गाँधी-इरविन समझौते के नाम से मशहूर इस समझौते के तहत सारे कैदियों की रिहाई हुई, भारतीय उद्योगों के प्रोत्साहन की अनुमति मिली और देशी तरीके से नमक बनाने का अधिकार मिला। कई लोग इस समझौते से खुश नहीं थे क्योंकि उनका मानना था कि स्वतंत्रता सेनानियों में बहुत जोश था और ब्रिटिश सरकार कमज़ोर पड़ती दिख रही थी। हालाँकि, गाँधी जी ने यह कहकर लोगों को समझाया कि देश पहले ही बहुत नुकसान झेल चुका है और अब संघर्ष नए सिरे से शुरू करने के पहले कुछ आराम ज़रूरी है।

पहला गोलमेज़ सम्मेलन असफल रहा और कांग्रेस के सारे बड़े नेता गिरफ्तार कर लिए गए। सरदार पटेल और गाँधी जी को एक साथ जनवरी 1932 से अगस्त 1933 तक यरवदा जेल में रखा गया।

गाँधी जी की जेल से रिहाई के बाद उन्होंने पाया कि ब्रिटिश सरकार ने कानून कड़े कर दिए हैं और लॉर्ड इरविन के साथ हुए उनके समझौते का बिलकुल पालन नहीं कर रही है। इस तरह से फिर से सविनय अवज्ञा आंदोलन शुरू हो गया। सरकार ने कांग्रेस को गैर-कानूनी संस्था घोषित कर दिया और आंदोलन का दमन करने के लिए कई कड़े कदम उठा डाले।

वल्लभभाई पटेल 1934 में केंद्रीय संसदीय बोर्ड के अध्यक्ष बनाए गए। उनका काम धन जुटाना, होने वाले केंद्रीय विधानसभा चुनावों के लिए उम्मीदवारों का चयन करना और उन्हें आर्थिक मदद देना था। पटेल खुद चुनाव नहीं लड़े थे। उनके अंदर देशभक्ति की भावना इतनी प्रबल थी कि कुछ ही समय पहले बवासीर का ऑपरेशन कराने के बावजूद वे प्लेग प्रभावित बारडोली में लोगों की मदद करने में लगे रहे।

गाँधी जी ने 2 अगस्त, 1942 को भारत छोड़ो आंदोलन की शुरुआत की। सरदार पटेल ने उनको पूरा सहयोग दिया। उनके दमदार भाषणों ने राष्ट्रवादियों को प्रभावित किया और उन्हें सविनय अवज्ञा आंदोलन में हिस्सा लेने को तैयार किया। आंदोलन के कारण सरकारी सेवाओं को ज़बरन बंद कराया गया और लोगों ने कर चुकाने से मना कर दिया। पटेल को अगस्त 1942 में गिरफ्तार कर लिया गया और 1945 तक जेल में ही रखा गया।

Quit India

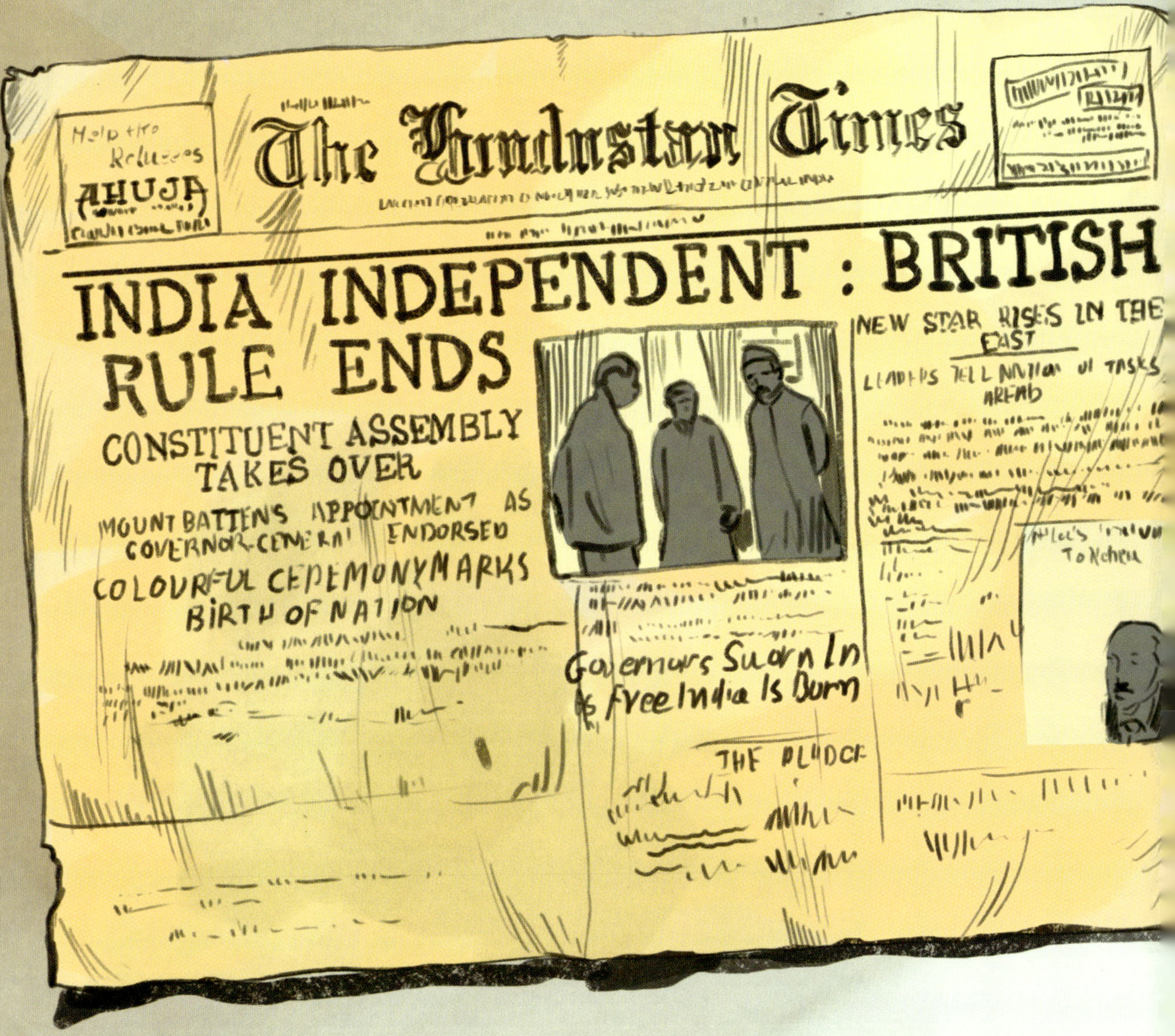
Help the Refugees
AHUJA
The Hindustan Times
INDIA INDEPENDENT : BRITISH RULE ENDS
CONSTITUENT ASSEMBLY TAKES OVER
MOUNTBATTEN'S APPOINTMENT AS GOVERNOR-GENERAL ENDORSED
COLOURFUL CEREMONY MARKS BIRTH OF NATION
NEW STAR RISES IN THE EAST
LEADERS TELL NATION OF TASKS AHEAD
Governors Sworn In As Free India Is Born
THE PLEDGE

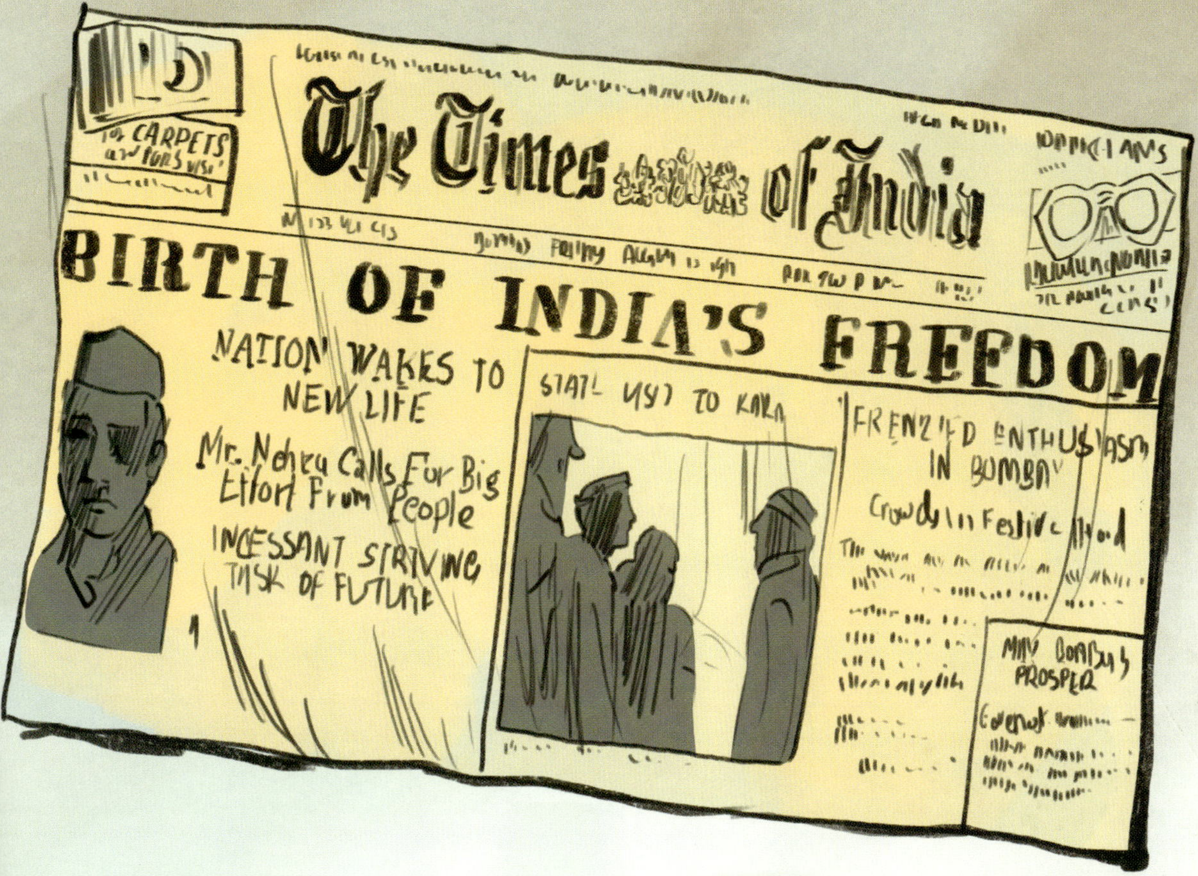

हालाँकि, पटेल ने हज़ारों लोगों के दिलों में देशभक्ति की भावना जगा दी थी और लोग क्रांतिकारी बनकर विरोध-प्रदर्शन जारी रखे रहे। तीन साल तक भारतीय जनता के अनगिनत बलिदानों के बाद ब्रिटिश सरकार भारत छोड़ने पर मजबूर हुई और भारतीयों को 'पूर्ण स्वराज' मिल गया।

स्वतंत्रता के बाद वल्लभभाई का योगदान

कांग्रेस के अध्यक्ष का चुनाव 1946 में हुआ। ये चुनाव बहुत महत्वपूर्ण थे क्योंकि इसमें जीतने वाला ही स्वतंत्र भारत का प्रथम प्रधानमंत्री बनने वाला था। कुल डाले गए पंद्रह वोटों में से पटेल को बारह वोट मिले।

बाकी तीन सदस्यों ने भी किसी को वोट नहीं दिया था। हालाँकि, गाँधी जी की सलाह पर, ये पद पंडित जवाहरलाल नेहरू को दे दिया गया। इस तरह से पटेल भारत के प्रथम गृहमंत्री और उपप्रधानमंत्री बने।

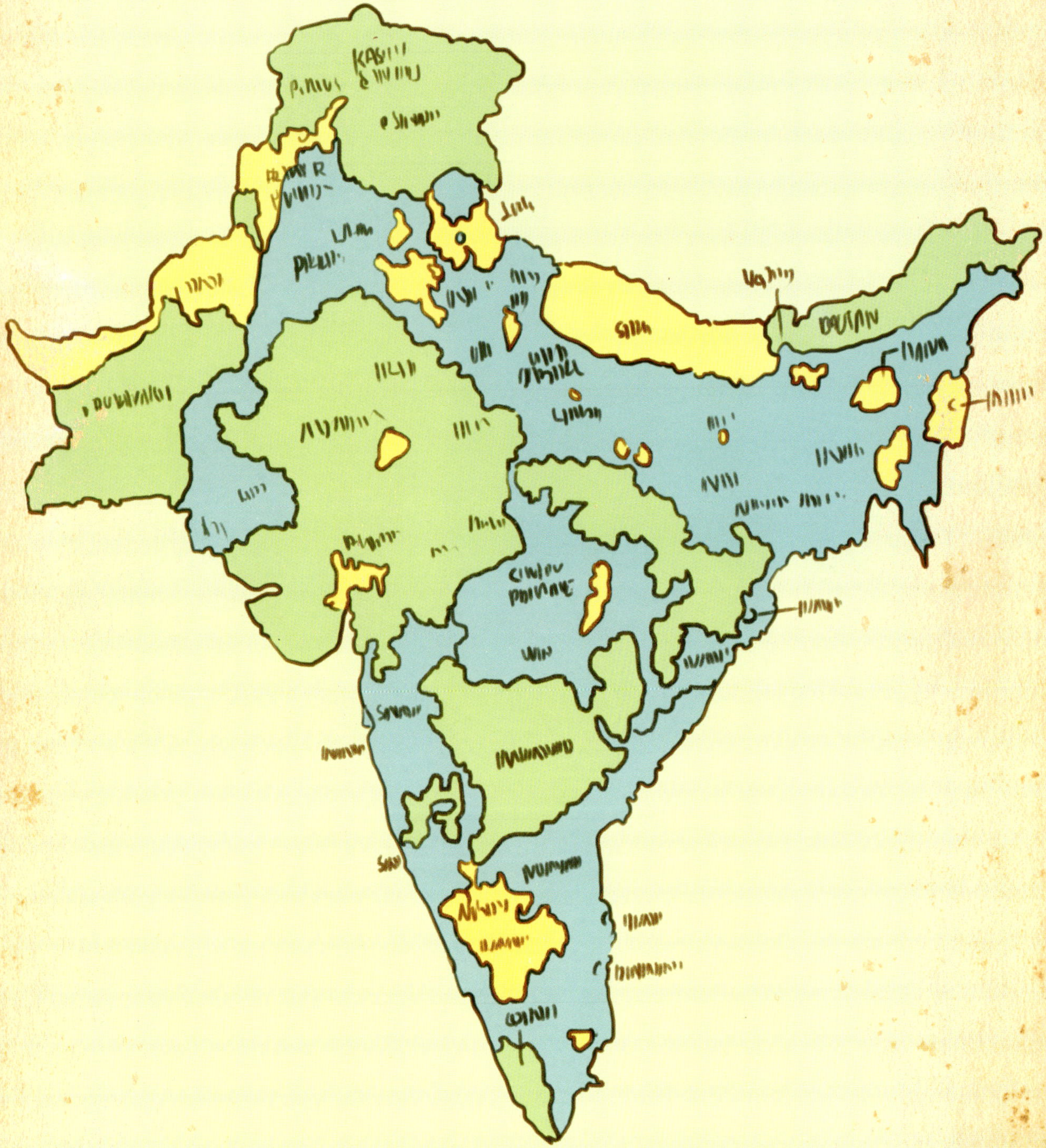

स्वतंत्रता के बाद भारत के सामने एक और बड़ी समस्या आ गई। देशभर में बड़ी संख्या में देशी रियासतें मौजूद थीं। स्थिति की गंभीरता को देखते हुए गाँधी जी ने फिर से अपने विश्वस्त साथी सरदार पटेल को 562 देशी रियासतों के एकीकरण का कठिन काम सौंपा।

पटेल ने अपने निवास पर इन राजाओं से मिलकर बात करना और ये समझाना शुरू किया कि वो अपनी रियासतों की भलाई के बारे में सोचें। सरदार पटेल ने बहुत अच्छे तरीके से समस्या को निपटाया और इसी के परिणामस्वरूप देशी रियासतों का भारत में विलय हो पाया।

संविधान सभा के सदस्य के रूप में पटेल के पास संविधान का प्रारूप तैयार करने की भी ज़िम्मेदारी थी। वृद्धावस्था और खराब सेहत भी उन्हें मज़बूत राष्ट्र के निर्माण में मदद करने से नहीं

रोक सकी। हालाँकि, 1948 में गाँधी जी की हत्या से सरदार पटेल पूरी तरह से टूट गए थे। उन्होंने अपना प्रिय मित्र और मार्गदर्शक खो दिया था। उसके बाद वे गाँधी जी की आखिरी इच्छा का सम्मान करते हुए, विचारों की भिन्नता के बावजूद पंडित नेहरू के साथ मिलकर काम करते रहे।

वल्लभभाई की विरासत

1950 के आरंभ तक सरदार पटेल की सेहत खराब होने लगी। उन्हें इलाज के लिए मुंबई ले जाया गया। वहाँ उन्हें दिल का तेज़ दौरा पड़ा, जिसके बाद 15 दिसंबर 1950 को उन्होंने अपनी अंतिम साँस ली। अपने प्रिय नेता को खोकर देश दुख में डूब गया। उनका अंतिम संस्कार सोनापुर में किया गया। 1991 में सरदार पटेल को देश के सर्वोच्च नागरिक सम्मान 'भारत रत्न' से सम्मानित किया गया। उनकी जयंती 31 अक्टूबर राष्ट्रीय एकता दिवस के रूप में मनाई जाती है।

OTHER TITLES IN THIS SERIES